AF591858

M.r MASCLET, SOUS-PRÉFET DE DOUAI,

Placé sous les yeux du Public dans son véritable aspect.

Je suis poursuivi par M. *Masclet*, qui paraît avoir le besoin de faire du mal, comme un honnête homme a celui de faire du bien. Les bienfaits n'auraient-ils donc que la funeste prérogative d'enfanter des ingrats ? Je ne puis le croire : ce serait faire injure à la nature humaine. Les monstres ne lui appartiennent pas, et les ingrats sont des monstres.

Nommé par M. le Maire de Douai, Architecte de cette ville, il ne me reste que cet emploi pour faire subsister ma femme et trois enfans.

M. *Masclet* vient d'écrire à M. le Maire, pour lui enjoindre de me destituer, sous le prétexte d'une dénonciation en crime de faux, faite par lui, à ma charge, à M. le Magistrat de sûreté de Valenciennes.

Au moment où j'écris, M. le Magistrat m'assure qu'il n'a reçu aucune dénonciation.

C'est à son ami dans le besoin, c'est au père de famille malheureux, c'est à l'homme qui, sans le 9 thermidor, après onze mois de prison, perdait la vie pour avoir prêté secours à M. *Masclet*, émigré, que M. *Masclet* essaye aujourd'hui d'arracher la subsistance qu'il reçût de lui autrefois, et l'honneur qu'il estime plus que cette vie qu'il n'avait pas craint jadis d'immoler à l'amitié, dont il pensait alors que le cœur de M. *Masclet* était susceptible.

Je n'ai point de moyen plus simple pour établir le public juge entre M. *Masclet* et moi, que de mettre notre correspondance sous ses yeux. *Lebrun.*

Douai, ce 20 avril 1807.

A MADAME MASCLET, à la Sous-Préfecture, à Douai.

Douai, ce 26 juillet 1806.

MADAME,

« C'est vous, Madame, que je choisis pour juge des procédés de votre époux envers moi, et puis-je mieux m'adresser, quand vous m'avez répété tant de fois que votre mari n'avait pas de meilleur ami que moi. Je n'avais pas de peine à le croire, je lui en avais donné assez de preuves, je n'aurai pas cru faire une chûte si grande de son estime. Cependant il n'a rien à me reprocher dans ma gestion: je suis malheureux et uniquement par sa propre étoile. Je ne vous écris pas pour vous prier le secret, mais pour vous faire voir combien M. *Masclet* s'abuse lui-même, en cachant non-seulement les services que je lui ai rendus, mais en me paralisant tellement qu'il croit que je vais prendre la fuite, et alors être débarrassé de moi, qu'il regarde comme un fardeau. Vous savez comment j'ai débuté ici, après avoir combattu, par le ministère de M. *Masclet*, les ponts et chaussées dans un tems où ils étaient tout puissans auprès du Préfet défunt et de celui par intérim, et vous savez comment M. *Masclet* était avec eux. Moi qui était considéré comme protégé, mais plus encore attaché aux intérêts de M. *Masclet*, tout mon travail fut rebuté, contrarié, et M. *Drapier* avait juré ma perte par vengeance contre M. *Masclet*, dont il connaissait l'antipathie; et les attaques réciproques vous sont assez connues pour m'abstenir toutes réflexions. Je fus donc victime, et M. *Masclet* n'ayant pas assez de force pour me protéger ouvertement, m'a abandonné; j'étais capable de souffrir tous ces malheurs; mais une chose qui m'accable, c'est de voir qu'il devienne mon persécuteur, et que, ne pouvant m'attaquer directement, il me dénigre au public. Aurais-je jamais pu croire à une semblable métamorphose? Voici le reproche qu'il adresse à mes créanciers qui ont été se plaindre à lui: « *Lebrun* doit, il ne paiera pas; » il aurait pu gagner beaucoup, c'est un négligent que j'ai ramassé à Paris; d'ailleurs, je » vais le renvoyer. » Belle récompense! Comme l'amitié s'use, il n'en est donc resté que sur le papier! Oui je dois, puisqu'il a fallu que je vive et soutienne ma famille sans rien recevoir, je dois à des hommes à argent, qui, ayant reçu des effets que j'ai été obligé de faire, dans l'espérance de toucher sur mes bénéfices, ont été forcés de les renouveler, et, depuis quinze mois, Dieu sait quels frais et intérêts ces sommes ont produits, et voilà pourquoi je suis coupable; mais avant d'attaquer la conduite d'un ancien si grand ami, il faut purger la sienne envers lui. J'ai demandé un jour un louis à prêter à M. *Masclet*: il me l'a refusé; cependant il me doit cent écus, que je lui ai prêtés pour le départ de son frère Hypolite en Russie, cent cinquante livres pour le départ de son frère le Minime en Russie, trois cents francs pour le loyer et déménagement de ses meubles lors de son émigration, plus de six cents francs remis à sa prière à sa sœur Cline pendant son émigration, le déménagement des Meubles à Champ-Rosais; je ne parlerai pas de plus de six cents ports de lettres de Bâles, Hambourg, Londres: le prix en est trop grand; elles m'ont coûté onze mois d'arrestation, et l'échafaud que je n'ai évité que par le 9 thermidor, malgré la brûlure de tout ce ce que j'avais pu trouver. Des cartons que j'avais négligés, avaient produit vingt de ses lettres et une de Cline à l'adresse de Londres; tout avait été porté au comité de sûreté générale, et je n'avais d'autre espoir que l'oubli ou l'auto-da-fé. Cependant vous savez avec quelle joie je vous reçus et votre époux à votre retour en France: avais-je alors quelques faveurs à espérer, l'épanchement de mon cœur était-il pur, m'est-il jamais échappé un reproche? Non, connaissant l'état des finances de M. *Masclet*, je ne lui ai jamais demandé aucune restitution, j'ai fait ce que j'ai pu auprès de mon frère pour atténuer le terme des paiemens qu'il avait souscrits. M. *Masclet* m'appelle ici: les pertes que j'avais essuyées me décident; j'arrive, j'éprouve des entraves, je vois par degrés s'établir la hauteur de mon protecteur, qui oublie de suite le nom d'ami, qui met une barrière terrible entre nous, n'ose pas tout-à-fait me défendre la fréquentation de sa maison, mais m'y reçoit si mal et les miens, qu'on sait bien ce que cela veut dire. Aujourd'hui il me dénigre, depuis plus de quatre mois je n'ai pas reçu de missions, on les envoie de préférence à des étrangers, notamment la continuation des affaires de l'hôpital général à M. Mallet, dont je ne suis pas payé, et quantités d'autres affaires que j'ai préparées et qui sont englouties dans les bureaux. L'approbation des pavés communaux est arrivée depuis huit jours ; chaque jour je viens voir M. *Masclet*, qui dit qu'il verra le travail ; le lendemain c'est la même chose, et ainsi je me vois miné par le tems. Je dois et n'ai rien touché ou peu de chose ; cependant il m'a fait payer ou retenu six cents francs pour votre cheminée. Je ne dirais rien, si j'eusse pu toucher quelque chose en compensation. Combien d'intérêts étouffés et de ressources ne serais-je assuré sans cela? Voilà le commencement du désordre, cependant je les couvre, et quand M. *Masclet*, d'un mot, pouvait tranquilliser des hommes à argent, il les prend sous sa protection en m'avilissant, et tarissant les sources de mon industrie; plus, il me force à faire un billet à M. Halfort de huit cents francs, qu'il savait bien que je n'aurai pu payer à son échéance, et pour lequel on me poursuit de privilège à tout autre : encore voulait-il que j'en acceptasse un autre venant de Lille, que j'ai refusé; je crois même que c'est depuis ce tems là que j'ai apperçu plus d'humeur (1).

« Voilà, Madame, ma position : j'ai arrangé la plupart de mes affaires, et si M. *Masclet* veut encore être de bon aloi avec moi, je pourrai sortir d'embarras ; mais vous ne connaissez surement pas les lettres qu'il m'a écrites et celles que je lui ai répondues ; je ne puis rester plus longtems dans cet état : je sais supporter la hauteur de M. *Masclet*, j'ai assez de philosophie pour mépriser l'orgueil ; je n'ai pu

---

(1) M. Drapiez, apothicaire à Lille, me redemande l'effet payable en novembre prochain, souscrit par M. Alford, lequel j'ai remis à M. *Lebrun* ; je le prie de me le renvoyer, et d'y joindre l'état que je lui ai demandé hier. Je reçois une nouvelle lettre du Préfet qui le demande. *Masclet.*

26 avril.

Je reçois une seconde lettre de M. Drapiez, de Lille, qui est fort surpris de ne pas recevoir son effet. Renvoyez-le moi donc au plus tard demain matin, pour que je ne manque pas le courrier.

Je n'ai pas le travail qui a dû être fait avec M. Chatelain. *Masclet.*

Samedi, 3 avril.

M. Drapiez, apothicaire, à Lille, était porteur d'une lettre-de-change de 600 livres, tirée sur moi par Halford et femme Halford, que j'ai refusé d'accepter. *Lebrun.*

3 mai.

rien faire dans la ville, parce que, lui étant si peu aimé, on m'a considéré comme son ami ou son espion, partout où j'ai été on s'est défié de moi; cependant, si je ne suis plus le premier je suis incapable de l'autre, et partout victime; il ne me restait donc que les travaux de la Sous-Préfecture, et, de préférence on les donne à d'autres. Quand j'approche M. *Masclet*, il prend des papiers devant vous, il va dans ses bureaux, il les parcoure, je ne puis avoir d'explication, il faut bien que j'écrive. Je m'apperçois du mal qu'un faux orgueil fait faire à M. *Masclet* : il craint que mes malheurs ne rejaillissent sur sa réputation, et il prend la route contraire. Qu'il vienne examiner la sobriété qui règne à la vérité par force chez nous, il verra souvent le pain que mangent mes enfans arrosé des larmes qu'aurait dû leur épargner moins de générosité de ma part. » *Lebrun.*

Cette lettre est restée sans réponse et sans aucune explication, et M. *Masclet* a continué à éluder; mais M.me m'a dit qu'elle n'avait aucune influence sur son mari, qu'elle ne connaissait pas ses intentions, et qu'elle n'avait pas envie de se fâcher avec lui.

Le motif de la persécution de M. *Masclet* envers moi est de me faire fuir, et de ne plus avoir à craindre de restitution dont il sait bien que je n'ai pas de titres positifs; mais qu'il sache que j'en ai assez par sa nombreuse correspondance, que je mettrai sous presse aussitôt que j'aurai pu recueillir quelques fonds, que ses vues et son plan d'écraser a empêché jusqu'ici d'avoir lieu, en gardant mes états.

A Monsieur MASCLET, Sous-préfet à Douai.

13 Février 1807.

« M. *Masclet* aurait dû s'appercevoir que j'étais patient dans le calme que j'éprouvais depuis que je n'étais plus sous sa coupe, et que je me trouvais heureux d'être débarrassé du poids funeste de sa protection, si pernicieuse pour moi. Il á cru de sa politique qu'il devait me sacrifier et m'en a donné assez de preuves dans toutes les occasions qui se sont présentées. Aujourd'hui qu'il croit trouver un moyen pour m'apostropher, il le saisit avec empressement. Qu'il sache donc que, si depuis quelques mois que j'ai été mandé pour un travail qui n'a reçu qu'une simple invitation et qui ne m'a pas paru pressé comme il me l'annonce, c'est trois circonstances impérieuses qui en sont la cause: la première le mois de janvier où j'ai été obligé de régler les comptes des entreprises de la commune pour l'année dernière; la deuxième le mauvais tems continuel qui ne permet guères de grandes opérations d'arpentage; et la troisième le défaut de fonds nécessaires pour mon voyage et la subsistance intervalle de ma famille pendant mon absence. Cette dernière est encore la plus importante et elle n'est pas équivoque à sa connaissance puisqu'il sait que sur mes nombreuses demandes pour mon travail fait sous ses ordres, j'ai pu toucher si peu, et que M. *Thierry* qui est chargé d'en faire la révision, malgré celles faites par les ingénieurs, est absent depuis six semaines. Je ne ferais qu'une observation à son sujet, c'est que depuis qu'il a connu ma manière de travailler, il a préconisé la confiance qu'il avait en mes moyens, lui qui ne me connaît que par là, tandis que M. *Masclet* qui les connaît depuis si longtems et qui m'a appelé ici en conséquence, voudrait paraître non-seulement en douter, mais même, tandis que tout le monde voudrait y applaudir, cherche les occasions de les attaquer et de me les signifier à moi-même.

« Je ne puis concevoir cette fureur de nuire ; si c'est pour se soustraire aux débets si légitimes qu'il a trouvés si facilement dans ma bourse, c'est un triste moyen. Puisque je ne lui demande pas et que je me plais à taire jusqu'à ses procédés, pourquoi chercher à m'attaquer dans les ressources qui me restent et qui ne lui coûtent rien ?

« Je commence donc à lui dire que je ne crains

rien sur ma capacité; je ne lui ai pas demandé sa recommandation pour la dernière place dont il me donne des apostrophes si sanglantes ; j'ai fait mieux : depuis j'ai repassé mon cours de géométrie, quoiqu'il en dise, pour y répondre avec plus de sûreté.

« Cependant je vois une animosité de sa part si grande que je m'attends à tout et suis prêt à tout. Je dirais donc que, frustré de toutes mes espérances, même de la reconnaissance vis-à-vis du plus ingrat comme du plus criminel des hommes, que je suis résigné à tout dévoiler, mes malheurs et sa cruauté.

« Car, enfin, il faut savoir pourquoi je suis malheureux par la haîne qu'on porte à la protection éphémère qu'il m'a donnée, et plus encore à l'intention qu'il a de me faire fuir sans mot dire ; mais cela n'est pas possible : je périrai, s'il le faut, mais ce sera avec connaissance de cause.

« Oui, dénué de tout, s'il faut que la première occasion me fasse présenter mon bilan, il peut être sûr qu'il y figurera d'une manière non équivoque. Quoi ? depuis que je suis ici sans presque rien recevoir, j'aurai été obligé de payer six cents francs pour sa cheminée, et quand j'ai réclamé quelque chose pour mes nombreux et généreux prêts, je n'aurais trouvé qu'un perfide prêt à m'assommer en lâche par des détours étudiés et dans l'espérance de l'impunité! Non, M. *Masclet* me paiera alors ce que je lui ai prêté si généreusement, les trois cents francs pour le départ de son frère Hypolite, les cent cinquante francs pour son frère Joseph, les six cents francs d'aliment pour sa sœur Cline, les loyers et le salut de ses meubles, ainsi que son impolitique correspondance pour un homme qui aurait dû avoir de l'esprit, et qui m'a conduit au pied de l'échafaud après une détention de onze mois.

Qu'il attaque donc ténèbreusement ma capacité et qu'il la mette en parallèle avec les siens d'administration, je sais là-dessus de quoi dire; j'aurai rempli une tâche envers mes concitoyens de naissance, et on verra qui a le plus de tort d'un protecteur assassin, ou d'un homme malheureux par sa bonté, qui ne demande pour toute reconnaissance que les facultés d'élever une nombreuse famille et heureuse par ses pauvres soins que veut lui ravir M. *Masclet*. Voilà ce que je veux t'écrire et que je signalerai par d'autres raisons qui m'appartiennent et qui auraient pu te perdre si je l'avais voulu. Choisis entre le bien ou le mal : je suis aussi débonnaire que généreux, je n'aime pas les luttes des procès et quand tu voudras réfléchir sur ma conduite et la tienne, tu verras qui de nous deux a tort. J'ai été sensé et juste, patient; et toi, ingrat et méchant; je suis encore ce qu'il convient à un homme qui veut le bonheur de sa famille, ce qu'il doit à la société, ne pas se mettre trop en évidence. Mais reprend, s'il est possible, le caractère d'un ancien ami vis-à-vis celui qui n'a pu démériter à tes yeux et qui ne veut pas entrer en lice. (1) *Lebrun.*

Correspondance de M. MASCLET *avec M.* LEBRUN.

« Je compte partir d'ici décidément le 27, mon cher *Lebrun*, et je t'assure qu'il me tarde de te revoir et de jaser avec toi, les coudes sur la table, de mes projets et de mes affaires. Je crois avoir enfin pris une détermination dont le succès sera heureux et me donnera une assiette stable

---

(1) M. *Lebrun* a grand tort de croire que je lui conteste les connaissances nécessaires à un arpenteur; je puis lui montrer la lettre de M. le Conservateur dans laquelle il me dit qu'on lui a fait ce rapport; et je la lui ferai voir s'il veut se rendre demain à midi en mon bureau à la sous-préfecture.

Masclet.

14 février.

J'ai été chez lui le lendemain comme on peut le voir par la lettre ci-après, et M. *Masclet* m'a balbutié une lettre qu'il n'a pas voulu me montrer. *Lebrun.*

Si M. *Lebrun* se proposait de venir aujourd'hui à midi comme je lui ai proposé en mon bureau à la sous-préfecture, je le prie de remettre à demain, à la même heure: des affaires m'obligent de sortir ce matin. *Masclet.*

Dimanche, 15 février.

et les moyens, si longtems cherchés, d'arriver à mon but; on m'arrange une maison dans les environs du Mans, dans une situation charmante; je serai citoyen d'une communauté de deux mille habitans, où j'espère me rendre utile et commencer mon acheminement vers la législature; je me fais recevoir Avoué au Tribunal du Mans, où j'aurai un pied à terre et où je suis membre du Club des amis de la Constitution. Je te parlerai plus au long de mes vues à mon retour à Paris, où je ne ferai pas long séjour, parceque j'aurai bientôt arrangé mes affaires. J'emménerai ici Cline avec moi, et je me flatte qu'elle n'aura jamais été plus heureuse.

« Je t'écrirai le jour de mon arrivée, pour que tu vienne à ma rencontre avec Albert.

« Tu m'obligeras, mon cher Poquet, de porter encore la lettre incluse à la personne en question; je suis fâché de te donner tant de peines et je te prierai de t'en dédommager sur la personne qui en vaut bien la peine, si je n'avais de bonnes raisons de te prier de vouloir bien te l'épargner.(1) Adieu, mon cher Poquet, compte que je ne serai parfaitement heureux que quand nous pourrons nous réunir un jour pour ben deviser ensane de no jone tems et boire al santé d'Gayant et ses braves infans.

« Ramée, qui est porteur de la présente, va

(1) Cette personne est sa femme actuelle : on verra ci-après où elle était et ce qu'elle faisait.

passer une douzaine de jours à Paris ; tâche de le voir avant son retour ici. (1)

Vale et me redama.

Le 14 mai 1791.

Yvré, près du Mans, le 12 mai 1791.

« Tu auras sans doute été étonné, mon cher *Lebrun*, de me savoir parti si vîte de Paris ; je suis venu pour une adjudication dans laquelle j'étais intéressé, et j'ai fait malheureusement une corvée : tous ces diables de biens nationaux se vendent un prix fou. Je suis à la poursuite de deux petites fermes fort jolies qui pourront me dédommager si je réussis. Cette expédition me tiendra ici environ quinze jours ou trois semaines ; après quoi je te rejoins.

« Il y a ici une place qui va vaquer par la retraite du tenancier réfractaire, qui pourrait peut-être convenir à ton oncle, s'il veut préalablement prêter le serment constitutionnel. Le titulaire de cette place s'appelle le *principal*; il

---

M. de Valence achetait alors des biens nationaux près du Mans ; M. *Masclet*, son secrétaire homme d'affaires dirigeait les acquisitions, et commencait sa carrière parmi les *frères et amis*, et espérait déjà une fortune honnête pour commencer.

est chargé de l'instruction de la jeunesse; il y emploie environ trois ou quatre heures au plus chaque jour : les honoraires sont d'environ huit cent cinquante ou huit cents francs. Cette place est à la nomination des habitans de la paroisse, dans laquelle je ne laisse pas que d'avoir de l'influence ; je dispose surtout de la municipalité. Vois ton oncle pour cet objet, qu'il se consulte sans délai, et mande-moi aussitôt sa réponse; je n'ai pas besoin de te dire combien je serais charmé de l'avoir pour voisin.

« Tu auras sans doute vu mon frère, chevalier de l'étoile polaire ; je le crois parti en ce moment pour la Flandre, car je ne reçois pas de ses nouvelles ; donnes-m'en et vois-le s'il est encore à Paris. Je suis tout à toi, *Masclet.*

Ce mercredi 1792.

« Tu vas dire, mon cher *Lebrun*, que je suis le voyageur perpétuel et le Juif errant, car je pars à l'instant pour Strasbourg où je compte rester un mois entier. Un de mes meilleurs amis, M. de Valence, a fait une chûte de cheval en faisant manœuvrer son régiment de carabiniers, qui lui donne et qui me donne aussi beaucoup d'inquiétudes. Comme je suis chargé de toutes les affaires les plus intimes patrimoniales et autres, je crois qu'il est de la prudence de prévenir les événemens; j'espère pourtant que celui de sa chûte n'aura pas de suites fâcheuses; j'en serais réellement désolé, je perdrais un des meilleurs amis que j'aie dans le monde, et ce malheur dérangerait beaucoup mes combinaisons pour l'avenir.

Je te serais obligé, mon cher *Lebrun*, de t'occuper de ce malheureux cadavre virulent (1) auquel tu veux bien prendre quelqu'intérêt. Tu ferais bien d'écrire à M. Viennot, son capitaine, pour savoir ce qu'il est devenu, et s'il ne serait pas possible qu'il vint cet hiver, où il ne paraît pas qu'il y ait rien à craindre, reprendre, auprès de M. Dessault, ses occupations chirurgicales : ce qui est d'autant plus urgent qu'il paraît que M. Dessault, qui ne lui a donné qu'un congé de trois mois, ne le voit pas avec plaisir éloigné de lui. Je te recommande avec les instances de l'amitié de donner à ce malheureux cette nouvelle preuve de la tienne.

Informe-toi très-particulièrement ce que sont

(1) Ce malheureux cadavre virulent dont parle M. *Masclet*, était son frère Albert, chirurgien, mort depuis de la peste en Egypte, et dont toute la famille aurait dû recueillir la succession, mais qui n'a été partagée que par quatre au lieu de huit vivans ou ayant cause, ainsi qu'on le verra à l'article succession.

devenus les petits assignats que je lui ai envoyés de Toulouse, et l'argent que je lui ai fait tenir; il est très-important d'éclaircir ce mystère. Tu me donneras de tes nouvelles à Strasbourg, chez M. de Valence, colonel des carabiniers.

« Tu t'attends bien que je serai aux aguêts contre MM. les émigrés, et que je leur ferai tâter de ma baïonnette s'ils en ont quelqu'envie. Je te donnerai de mes nouvelles, qui, à coup sûr, seront très-intéressantes. » (1)

Vale et me redama. *Masclet.*

« Je te prie, mon cher *Lebrun*, de me rendre le service de passer toi-même chez M.me de M., (2)

---

(1) A cette époque M. *Masclet* avait suivi M. de Valence, qui lui avait donné une sous-lieutenance dans son régiment de carabiniers. Il abandonna depuis M. de Valence, en désertant du régiment des carabiniers, et s'attacha singulièrement aux partis opposés, MM. de Broglie et d'Aiguillon, avec lesquels il passa à Bâles, Hambourg et Londres, d'où il m'écrivit tant que sa correspondance enfin fût saisie, et moi arrêté et en prison pendant onze mois.

(2). Cette Dame M. dont parle M. *Masclet*, est M.me de Montesson, qui, ayant une bibliothèque immense et sans ordre, à cause de plusieurs déménagemens, prit à son service M. *Masclet*, pour classer chaque livre à sa place. C'est là qu'il parvint à devenir secrétaire de M. de Valence, et où il fit connaissance de sa femme, alors gouvernante des enfans de chaussée d'Antin, pour lui remettre la lettre incluse; si elle n'y est pas elle doit être à St.-Ouen, chez M. de Nivernois; tu m'obligerais de lui porter toi-même cette lettre, et lui offrir de te charger de la réponse. Je lui demande de ses nouvelles, parceque je n'en ai pas reçu depuis long-tems, et que, par le moyen que je prends pour lui faire tenir cette lettre, je serai sûr qu'elle l'aura reçue. Je compte sur ce nouveau service d'ami.

« J'attends ta réponse à ma dernière lettre; je te recommande de faire transporter chez toi mes deux malles de livres et ceux de mes autres effets transportables, de payer ensuite les deux termes qui seront échus au premier octobre, de faire ensuite déménager, quand tu auras fini cette maudite affaire avec Mariette et Moreth. Ils ont accepté mon congé pour le premier octobre, j'en ai le reçu; mais comme je ne serai pas là, ils pourraient faire de nouvelles chicanes, et c'est pour s'en mettre à couvert que je te prie de retirer mes livres, habits et autres effets; *mais surtout un carton cacheté, rempli de papiers importans, que je te prie*

M. de Valence, et qui était chargée de leur parler toujours Anglais, afin de faciliter un jour l'étude de cette langue, hors de laquelle il n'y avait pas de salut pour tout ce qui tenait aux d'Orléans.

d'emporter chez toi aussitôt la présente reçue. (1)

« Je compte faire un voyage à Paris dans les premiers jours de novembre, et je serais bien aise de trouver tout cela arrangé. Surtout ne néglige pas de le faire comme ci-devant, ne remets pas au lendemain, et fais pour ton ami mieux et plus que tu ne ferais pour toi-même.

Vois Cline pour cet objet et concerte-toi avec elle.

Je t'embrasse, mon cher *Lebrun*; mande moi aussitôt la remise de la lettre incluse, tâche de m'en envoyer une réponse, et adresse moi tes lettres, poste restante, à Huningue.

Surtout réponds moi promptement; je ne reçois des nouvelles de personne, et je ne sais ce que tu es devenu toi-même.

Tout à toi, *Masclet*.

Si M.me de M. n'était pas à Paris ni à St.-

---

(1) *Ce carton* sous-ligné, tant recommandé, est celui que M. *Masclet* dit aujourd'hui m'avoir confié, comme renfermant une boîte d'or avec un portrait de femme enrichi de diamans et dentelles de prix.

Il a dit à M. Liégeard et autres, que mon épouse en avait abusé, et que cela devait entrer en compensation avec les objets que je réclamais. Dans l'explication de ces lettres, plus tard je ferai connaître quelle vraisemblance il peut y avoir entre toutes les allégations de M. *Masclet*.

Ouen, informe-toi de ma part chez elle où elle est, demande à parler pour cela soit à M. Rousseau, soit à M. Naudet, chez elle à Paris, et donne leur ma lettre.

17 juillet 1792.

---

28 nivôse, 9.

« Je n'entends plus parler de toi, mon cher *Lebrun*, est-ce que tu es mort, ou as-tu oublié le plus ancien et le meilleur de tes amis? (que fais tu), où en sont tes affaires? fais moi part de tout ce qui t'intéresse; tu ne seras jamais aussi heureux que je le désire. Ecris moi par le Capitaine Schousled Danois, (1) Maison de Suède, rue de la Loi : il est encore à Paris et ne doit pas tarder à revenir.

« J'ai reçu ce matin une lettre de ton frère François; (2) il me demande de l'argent : il prend

---

(1) Ce capitaine Danois était un protégé de M. *Masclet*, qui s'est brûlé la cervelle.

(2) François *Lebrun* avait fourni à M. *Masclet* son uniforme de carabiniers en 1791, il en réclamait encore le paiement en l'an 9, et M. *Masclet* a encore payé, dans les mains de M. Brancart, juge du tribunal d'appel, à Douai, un effet provenant de cette livraison que mon frère n'avait faite qu'à ma sollicitation et en lui en répondant; il n'y a pas plus de six mois encore a-t-il dit à une personne digne de foi que c'était encore pour obliger cette sac... famille.

bien son tems ; je suis écrasé de dettes, car nous sommes mesquinement payés et ne seront pas mieux jusqu'à la paix, quoiqu'on ne nous donne que trois mille livres, et tu sens quelles dépenses de luxe et de convenance nous avons à faire. Tout est fort cher ici en vivres, et surtout les meubles qu'il faut louer; tu penses bien que je ne suis pas assez sot pour en acheter, car je ne compte pas rester ici longtems, et je sais de bonne part que mes amis pensent à me procurer quelque chose de mieux. Rends moi donc le service de prier ton frère de ma part ; dis lui que ce que je puis faire pour le présent, c'est de lui faire payer huit louis que me doit Noël, Préfet du Haut-Rhin ; mais je ne compte pas sur cette somme avant le premier ventôse ; je tacherai pourtant de l'avoir plutôt. Je vais écrire à Noël pour le reste, et il faudra qu'il prenne patience; mais je verrai à m'arranger pour qu'il reçoive quelque chose tous les trois mois. Dis lui qu'il est bien entendu que je n'entrerai pour rien dans les frais. Fais moi réponse prompte par Schousled qui a le port franc de la marine.

« Nous avons vu bien des miracles depuis que nous nous sommes quittés. Je crois pour cette fois nous tenons les Autrichiens et les Anglais ; ceux-ci viennent de faire la sottise de faire saisir tous les bâtimens Suédois et Danois.

« Donnes cette nouvelle à Schousled sur-le-champ, surtout donne m'en des tiennes le plutôt possible. Je t'embrasse mon cher Poquet.

Tout à toi, *Masclet.*

Boulogne, 8 thermidor.

« Tu ne me donnes plus signe de vie, mon cher Poquet, est-ce que tu n'es pas encore revenu de ton voyage de Flandres? ce voyage me déroute beaucoup, et jette bien des choses dans l'arrière. Gaudi, (1) le marbrier, est en grande colère contre toi; tu lui as annoncé l'envoi prochain d'un modèle et la conclusion très-voisine des arrangemens projettés. Il est à ma connaissance qu'il a bien des offres avantageuses que je l'ai empêché d'accepter à cause de toi. Tâches donc de terminer au plutôt, c'est une affaire d'or et une fortune pour tous deux; je te préviens que, si tu ne lui donnes pas ton dernier mot d'ici à deux décades, il s'arrangera

---

(1) Ce M. Gaudi, marbrier, était spéculateur de carrières de marbre inconnues, et dont l'exploitation devait faire une fortune: il a manqué la réussite, et suis charmé qu'un Anglais ait pris cette fortune.

aveo d'autres ; il y a ici plusieurs Anglais qui lui font des propositions avantageuses.

« Vois un peu ton frère au reçu de la présente, et demande lui communication des lettres (1) que je viens de lui écrire. Comme tu es mon arbitre en toutes choses, je mets mes intérêts en tes mains, et je sais par expérience qu'ils ne peuvent être mieux.

« Je te recommande essentiellement cet article. Où en est l'affaire de la succession? Cline a grand besoin que cela finisse ; avance lui dix-huit à vingt-quatre livres sur ce qui lui revient.

Tout à toi, Mes complimens à ta femme,

Masclet.

Boulogne, 8 *fructidor.*

« Je reçois deux gros melons de Paris, et j'aurais bien juré qu'ils m'étaient envoyés par mon cher Poquet, quand Claro ne m'en aurait pas prévenu ; je ne doute pas qu'ils ne soyent excellens, mais je les aurais trouvés bien meilleurs encore si je pouvais les manger aveo

---

(1) J'aurai ces lettres, mais elles sont toujours relatives à l'attermoiement des paiemens échus qu'avait souscrit M. *Masclet.*

toi. Taches aussi une autre fois de trouver une voie plus économique ; car le port m'a coûté sept livres ; les chasses-marées de la ru e Montorgueil t'en offriront une très-expéditive. Je suis obligé de regarder de près aux ports de lettres et paquets, car j'en suis écrasé depuis que je suis fonctionnaire public. Si tu as toujours des relations en Champagne et que tu penses me faire un bon marché d'un pannier de vin rouge ou blanc, cela me ferait grand plaisir ; car je suis souvent condamné à donner des dînés de cérémonies qui me ruinent, et je suis toujours embarrassé pour le vin, notre port étant fermé au commerce d'importation depuis la guerre.

« J'irai très-certainement à Paris, tout au plus tard au commencement de brumaire ; j'ai depuis s.x mois un congé dans ma poche, dont je n'ai pu encore profiter, tant je suis écrasé de besogne.

« Fais mes amitiés à Paulée et à Claro, et dis à ce dernier que je répondrai à sa lettre. »

Tout à toi, *Masclet.*

Boulogne, 29 thermidor 9.

« J'AI reçu tes deux envois de melons, mon cher Poquet, et ces melons étaient et sont superbes; j'ai partagé les deux premiers avec le brave Général Latouche, et ils ont été trouvés excellens. Celui que je reçois sera goûté par tous les Chefs de bataillons et Généraux de l'expédition.

« Je compte toujours profiter du congé que j'ai dans ma poche depuis six mois, pour aller faire une excursion à Paris, en brumaire prochain. Mes amis m'écrivent qu'il faut absolument y aller pour ne pas laisser oublier ma figure, et pour que je sois nommé un des vingt Tribuns de l'élection de l'an 10. Tall.[e] m'a promis tout son intérêt, et il est convenu avec moi que je n'étais pas assez riche pour rester au poste que j'occupe, et que je serai par trop modeste si je ne portais pas mes spéculations plus haut : ainsi j'espère bien me rapprocher de toi dans le cours de l'an 10. Je n'ai pas besoin d'ajouter combien je serais heureux de revoir mon cher Poquet, et d'employer tous mes moyens, tout mon crédit, tout celui de mes amis, pour m'acquitter enfin envers lui (1).

---

(1). Il est à remarquer qu'alors M. *Masclet* avait bien l'envie de s'acquitter enfin envers moi ; il ne désirait pour être heureux que d'être auprès de moi, pour employer tous ses moyens, tout son crédit, tout celui de ses amis, etc. O tempus ! ô mores !

« Tu m'engages à écrire à Paulée, c'est un excellent homme et des plus obligeans de nos compatriotes; je me reprocherais bien de ne pas lui écrire si je n'étais pas écrasé de besogne, au point d'avoir à peine le tems de dîner; mon cabinet, mes correspondances, les visites, les courses au dehors et les cérémonies me prennent tout mon tems, au point que je n'ai pas une minute disponible. Je vais lui écrire et lui parler de toi comme je le dois (2).

« Je mande à Cline (3) que tu dois la voir:

---

(2). C'est M. *Masclet* qui, en l'absence de Douai de M. et Dame Paulée, en dînant avec les commis de la maison, fit rédiger par M. Duchaussois une opposition à mes appointemens à la mairie, à la requête dudit Sieur Paulée, opposition qui fut remise en leur présence à l'huissier Smeyers, avec injonction de célérité, et de prendre un reçu du receveur de la mairie, ce qui fut fait. J'ose dire que ce n'est que d'après ce trait que je ne balançais plus à réclamer vis-à-vis de M. *Masclet* la restitution des objets pécuniaires que j'avais déboursés pour lui. Je le fis assigner au tribunal de conciliation, et c'est cela qui m'a valu cette fameuse dénonciation auprès du maire de la ville, de la part de M. *Masclet*, qui lui annonçait que je venais de mettre le comble à mes forfaits par la plus outrageante des attaques, et qu'il me faisait poursuivre pardevant le magistrat de sûreté pour crime de faux à ma charge. (Peuples lisez et jugez !)

(3) Cline est la sœur de M. *Masclet*, ouvrière en gants de peau, métier que la misère lui a fait apprendre, pour gagner douze à quinze sols par jour. C'est elle que j'ai alimentée

elle demeure rue des Ménestriers, la première ou deuxième porte cochère, à gauche, par la rue St.-Martin; je voudrais bien qu'elle pût s'accrocher à quelque chose: donnes-lui aide et conseil pour se tirer d'affaire. Pierre vient passer ici son semestre, que je lui ai obtenu, je l'attends tous les jours; j'espère bien que je lui aurai son congé après le semestre: il a déjà travaillé avec moi, il a bien l'intelligence du bureau, il me sera très-utile.

« Fais attention à tous les articles Boulogne du Moniteur, du Publiciste, du Journal des débats, tu devineras la plume et le cachet.

« Je t'enverrai du pichon aussitôt que ces j...-f...... d'Anglais nous laisseront pêcher : nous avons par-ci par-là un beau turbot; je vais faire retenir et je t'enverrai le premier turbot ou biau pichon qu'on pourra attrapper. »

Tout à toi pour la vie, *Masclet.*

---

pendant trente-huit mois en l'absence et pendant l'émigration de M. *Masclet*, à raison de vingt-quatre francs par mois; et, par ses ordres, j'avais réussi de la placer à l'hospice de la Maternité, comme lingère, mais une réforme la renvoya encore à son malheureux sort où elle était encore bien malheureuse il y a quelques mois, invoquant sans succès la générosité de ses frères, comme on peut le voir par l'avant-dernière de cette correspondance.

Boulogne, ce 9 pluviôse 10.

« Je n'entends point parler de toi, mon cher Poquet, est-ce que tu te serais noyé dans la plaine de Villeneuve-St.-Georges? Donne moi donc des nouvelles du déménagement de Champ-Rosai, mande moi quand tu compte l'effectuer, en cas qu'il ne soit pas encore fait. As-tu vu le citoyen Beaumé? Je te préviens qu'il faut bien prendre tes précautions, car il est chicanier en diable; constate bien et avec lui l'état du mobilier et ses dégradations et ne laisse rien en arrière quand tout sera chez Sponville, tu me préviendras avant de rien m'envoyer, car il est possible que j'aye bientôt un appartement à meubler à Paris, et tu devines bien pourquoi et comment.. Le citoyen Hesse qui te remettra la présente, va pour peu de jours à Paris et me rapportera ta réponse. Je compte sur une nouvelle occasion très-prochaine, et j'en profiterai pour t'écrire plus au long. »

Tout à toi. *Masclet.*

Boulogne, 11 ventôse an 10.

« Je n'ai pas encore reçu de réponse, mon cher Poquet, à la lettre que je t'ai écrite etc. On me mande, de bonne part, à Paris, qu'il y aura au moins quinze préfectures rendues vacantes par les nouvelles élections. Ainsi, tu vois qu'il y a des chances pour Poquet. Je trouverai à me défaire facilement de mes meubles en ce pays-ci. Nous reprendrons la spéculation que je t'ai proposée pour ton compte, aussitôt après la signature du traité définitif. Jusques-là il ne nous arrivera personne : car le Gouvernement anglais est diablement rigoureux et parcimonieux sur l'article des passe-ports.

Tout à toi, *Masclet.*

Boulogne, 21 germinal an 10.

JE suppose que tu es de retour, mon cher Poquet, et j'espère que tu as terminé la grande affaire de mon déménagement. Une excellente occasion se présente pour faire tout revenir à Boulogne. Le bel Anglais *Mouron* va à Paris avec une voiture d'arbustes et plantes pour Madame *Bonaparte.* Sa voiture revient à vide ; elle me rapportera tous mes effets sans exception. Elle part demain sans faute ; tiens tout prêt : dans le cas improbable où tu auras laissé une partie de meubles à Champ-Rosay, envoies-y sur-le-champ, et plutôt vas-y toi-même. Tu sais de quelle importance il est que tu ne manque pas cette belle occasion de m'expédier le tout, puisque je n'aurai pas de voiture à payer.

Où en es-tu avec notre marbrier. Où en est la spéculation? J'adresse au Gouvernement un Anglais qui nous apporte une découverte excellente, celle de l'ancien cîment des Romains : nous en avons fait l'expérience : elle a complettement réussi. Je lui donnerai une lettre pour toi. Tu pourras en tirer grand parti. (1)

Tout à toi, *Masclet.*

Boulogne, 11 prairial an 10.

Je t'envoie, mon cher Poquet, les procurations (2); fais ensorte que cette affaire ne

---

(1) Cet Anglais là a été arrêté deux fois à Paris, et j'ai eu bien de la peine à le faire mettre en liberté.

(2) Ces trois procurations avaient pour objet de toucher la succession de M. *Masclet*, nommé Albert, Chirurgien, mort en Egypte. Cette succession revenait à huit frères et sœurs, dont trois, Hélène sœur aîné, Joseph le Minime, et Hypolite sont en Russie, dont deux avant et un pendant la révolution; une quatrième sœur mariée, est morte avec deux enfans orphelins ayant aussi perdu leur père. Ces quatre là, comme on le voit, n'ont pas figuré dans la succession.

Lecteurs, que penserez vous de M. *Masclet*, quand vous saurez qu'il m'attaque en faux pour des objets qui lui sont étrangers? Que n'a-t-il pas à craindre des légitimes qu'il a écartés de la succession, par son assertion auprès de M.

languisse pas, car les trois parties prenantes ont un pressant besoin de toucher ce qui leur revient. Concertes-toi avec le Citoyen Jarry (2) pour découvrir s'il ne reste rien en arrière. J'écris à un de mes amis de Calais, actuellement à Paris, qui, je crois, est lié avec lui, pour qu'il nous donne un coup d'épaule. Si tu avais besoin de mon extrait baptistaire, demandes-le à Sophie (3), car je ne l'ai pas ici. Je suis né le 16 novembre 1760, paroisse de St. Albin.

Tout à toi, *Masclet.*

Boulogne, 22 prairial an 10.

« Mon cher Poquet, je t'ai envoyé par occasion du ci-devant Curé de Meudon, Sejan, un paquet contenant trois procurations et l'extrait baptistaire de Pierre. J'espère tu l'as reçu; dans

---

Jarry, banquier des successions des Français morts en Egypte, en lui affirmant, lui, sous-préfet alors à Boulogne, qu'ils n'étaient que quatre ayans-droit.

(2) M. Jarry, Banquier, à Paris, rue des fossés Montmartre, chargé de rendre compte des successions des Français morts en Egypte.

(3) Sophie, sœur de M. *Masclet*, mariée à M. Goui, Marchand de poteries, rue St. Eloy, à Douai. C'est elle qui a le plus manifesté de répugnance au partage, et qui voulait que les enfans de la défunte fussent au moins compris dans cette espèce d'arrangement.

la supposition contraire qui n'est pas probable; tu auras l'adresse du prêtre Sejan, chez le Citoyen Oudry, rue de Clery, chez qui tu demanderas le Citoyen Jarry, ami de Sejan, qui te donnera son adresse. Tâche aussi d'expédier cette affaire du partage, car Pierre, Cline et Sophie en ont grand besoin. Je m'occupe de ta grande affaire; mais comme je ne puis en écrire à Mengaud, je t'attends ici pour lui en parler. Il y a un mois qu'il me promet de venir de jour en jour. La bonne marche à suivre, c'est celle-ci: écris lui sous un autre nom que le tien, pour lui faire la proposition; ne me nomme point; que j'aie l'air d'être pour rien dans la négociation, et fais-moi part de sa réponse, que tu feras adresser chez quelqu'un de tes amis. Ecris-moi par le retour de Poignant qui est parti hier pour Paris. Tout à toi, *Poquet.* (1)

Boulogne, premier messidor an 10.

« J'AI vu hier Mengaud, à Calais, mon cher Poquet, je lui ai parlé de la grande affaire: il

(1) On voit ici le cas que M. *Masclet* faisait lui-même du sobriquet *Poquet*, qu'il me donne familièrement dans ses lettres, puisqu'ici il signe lui-même *Poquet*, et qu'il a pris souvent ce nom dans sa correspondance. Tout le monde a connu ce *Poquet* porte-faix à Douai, et sait pourquoi M. *Masclet* se plaisait à m'appeler ainsi.

m'a paru n'être pas éloigné de consentir, pourvu qu'on fasse lever sa défense qu'il a reçue de son Ministre; il m'a paru croire que cette défense pourrait être révoquée. Cela vous regarde vous autres; ainsi voyez à ce que vous pouvez faire.

Tu te rappelles que j'ai prié Mengaud de te recommander à cet Anglais, M. Beckfort, qui a 120,000 louis de revenu. L'homme d'affaires de Beckfort est un de ses pays, et celui-ci vient de lui écrire que Beckfort allait faire bâtir une grande et belle maison, et qu'il t'employerait; vois à profiter de cette veine. Beckfort est en ce moment, je le crois, à Londres; à son retour à Paris, tu verras son homme d'affaires, pour qui je t'enverrai une lettre d'introduction de Mengaud. Tout à toi, *Masclet.*

Boulogne, 14 thermidor an 10.

« Je t'ai écrit il y a quatre à cinq jours, mon cher Poquet, pour t'informer d'une bien malhonnête attaque de ton frère François (1). Si

---

(1) Mon frère François, voyant que M. *Masclet* ne payait pas ses effets, l'avait attaqué après le protêt; j'arrangeai encore cette affaire pour le moment; depuis mon frère étant mort, sa veuve a poursuivi ses droits et n'ai plus eu de pouvoir sur elle comme sur mon frère. A son retour de l'émigration de M. *Masclet*, mon frère qui avait fourni non-seulement l'uniforme complet de sous-lieutenant des carabiniers, mais beaucoup d'autres habillemens auparavant, voulut absolument être en règle, força

tu es à Paris, j'espère que tu auras arrangé tout cela de manière à prévenir une brouillerie avec ton frère, dont je serais fort faché.

Il paraît que l'affaire de Cline est terminée, et qu'elle a reçu ce qui lui revient. Je trouve la retenue de l'agent d'affaires diablement forte.

Je te préviens que Gaudi s'est impatienté; il a pris des arrangemens avec d'autres, et il a fait une affaire d'or, ce sera un Pérou, et je regrette bien que tu n'aies pas voulu puiser dans cette mine avec lui. Tout à toi, *Masclet*.

Douai, 19 nivôse an 13.

« Je n'ai pas le tems de te répéter, mon cher *Lebrun*, en réponse à ta dernière, que je te conseille toujours de venir: je te garde toujours

---

M. *Masclet* à régler leurs comptes, en lui laissant toute la latitude qu'il aurait désirée. M. *Masclet* a dit à qui l'a voulu entendre, que mon frère était un jacobin; qu'il n'avait souscrit ces effets que par peur: je demande à tout homme sensé si après le 18 fructidor, lors de la rentrée de M. et de M.me *Masclet* en France, il y avait du jacobinisme à craindre, et si moi, victime du jacobinisme et de la fatale correspondance de M. *Masclet*, qui ai reçu à bras ouvert ce couple qui me coûtait tant de revoir; moi surtout comme l'indique bien M. *Masclet*, qui avait tant d'empire sur mon frère si j'eusse souffert la moindre indignité de sa part. Tous ceux qui l'ont connu, ce sont tous les hommes de notre âge à *Douai*, rendront tous justice à sa mémoire; il était généreux, obligeant, hélas! il n'est plus; il n'a pas la douleur de voir la métamorphose de M. *Masclet*.

la place, mais on me presse d'y nommer. J'ai plusieurs arpentages de biens communaux et des plans de ces biens à faire. Quand tu m'écriras, ne choisis pas de si gros papier ; car on me fait payer des dix sols de port ; j'en suis tous les jours jusqu'à quinze à vingt sous, au moins, de frais de lettres : ce qui m'écrase. »

Tout à toi, *Masclet*.

LETTRE de M.elle CLINE MASCLET.

Paris, ce 12 frimaire. — 1806.

« DEPUIS deux mois, mon cher M. *Lebrun*, j'attends des nouvelles de M.me *Lebrun*, et par conséquent des vôtres ; j'aurais désiré savoir comment elle a fait ce voyage avec ses petits enfans et si elle a été reçue là-bas comme elle le désirait ; si enfin elle se plaît dans notre bon pays. Priez la bien de ma part de vouloir bien me faire un petit détail sur tout cela et persuadez-là, je vous prie, de l'intérêt que je prends à tout ce qui peut lui être agréable. Il paraît, mon cher M. *Lebrun*, que je suis oubliée de mes fréres et sœurs ; car, depuis six mois, je suis encore à en recevoir des nouvelles. J'avais espoir sur les réponses des lettres que M.me *Lebrun* a eu la bonté de remettre à mes frères : mais voilà encore deux mois de passés sans qu'il aient seulement pensé à moi. Rien ne me fait plus de peine que cette indifférence; si vous me faites réponse vous même, dites-moi si mes frères ne sont pas à Douai dans ce moment, car je suis bien étonné que Pierre ne me réponde pas. S'ils sont chez nous, engagez-les, M. *Lebrun*, de m'écrire, surtout Pierre: car je me mets mille choses en tête; je crains qu'il ne lui soit arrivé quelque désagrément; je vous saurais bon gré de me rassurer sur cela et de me donner des nouvelles que vous saurez m'intéresssser; vous m'obligerez infiniment.

Adieu, M. *Lebrun*, je vous embrasse de tout mon cœur, de même que madame votre épouse, sans oublier vos aimables petits enfans.

Toutes mes amitiés, je vous prie, à mes frères et sœurs. *Masclet.*

Rue des Ménestriers St.-Martin, n.° 3. (1)

Paris, ce 21 avril 1807.

MON FRÈRE ET MA SŒUR,

Ma cousine Madelaine qui va à Lille, vous remettra cette lettre, et vous dira mieux que je

---

(1) Je ne crains point d'imprimer cette lettre; elle ne peut faire tort à cette malheureuse abandonnée; mais elle prouvera l'estime et la reconnaissance que cette personne intéressante autant par sa résignation que ses labeurs, porte à ma famille. C'est elle que M. *Masclet* désigne dans ses lettres sous le nom de Cline.

ne vous l'écrirais, ce que je fais actuellement, et vous en serez contens. Vous me marquez que vous êtes inquiété de la part de M. *Masclet*, pour les deux billets que je vous avais promis de payer à leur échéance, que je n'ai pas fait suivant mes conventions. Mais comment peut-on revenir sur une transaction que j'ai copiée moi-même, que vous avez faite avec M. Daix-Carmel, par l'entremise de M. Desaint? ces deux objets ne sont ils pas annullés de fait par votre délégation? Au surplus, en les payant, qu'y a-t-il à dire? Vous me marquez que M. *Masclet* nie mon existence et ma capacité, ou plutôt que je n'étais pas à Paris, mais bien votre commis à Douai. Il en a menti. Quand j'ai fait les billets, j'étais à Paris, et je les ai faits au domicile de votre épouse, rue St.-Jacques, numéro 37 où je demeurais avec elle, et où tous les effets précédens ont été payés. Il sait bien, M. *Masclet*, que tantôt j'ai été votre commis, tantôt entrepreneur suivant l'occurence, il ne peut nier ma capacité ni mon honnêteté à son égard. Il doit se souvenir qu'à son retour d'émigration avec sa femme je quittais mon logement du billard pour leur donner, que je portais leurs malles dans leur appartement. Ceci ne m'étonne pas : il y a longtems que je vous ai dit que vous n'aviez qu'un faux ami, que cet homme n'avait d'autre amour que son orgueil, et que votre bonté naturelle, qu'il connaît bien, grand Dieu ! vous rendrait toujours dupe de cet intrigant. Vous me mandez que je serai peut être obligé de venir, je suis prêt; mais assurez vous bien des dommages et intérêts, car je ne veux pas perdre le fruit de mes travaux pour rien. Et qui donc peut m'empêcher de contracter des engagemens qui conviennent à mes commettans? Si dans mes affaires avec vous je vous ai livré plus de trente mille livres d'effets, où sont les réclamans? Vous devez encore avoir des billets acquittés que je vous ai laissés rayés? on verra par les endosseurs si ces effets ont été dans le commerce et payés. Je me plais à dire que par notre arrêté je ne vous dois plus rien. Je suis faché qu'on vous tourmente pour une vétille semblable. Oh le pauvre M. *Masclet*! qu'il sache donc qu'il y a plus de fortune dans notre famille qu'il n'en amassera malgré son envie. Il en avait une belle quand il est arrivé d'Angleterre avec sa femme et ses deux malles, je n'ai pas eu de peine à les porter. Rappelez donc à sa femme les vingt-quatre paires de bas de soie qu'elle a fait cadeau à Rosalie et q'uelle a vendu vingt-quatre sols. J'étais alors son cher Charles; mais l'Anglaise à présent est Sous-Préfete Française. Et moi, mon bon frère, je suis toujours le même Charles, travaillant et content.

Que M. *Masclet* sache, enfin, qu'il y a plus de gens honnêtes dans notre famille que dans la sienne. Depuis dix-huit ans que je les connais, je n'ai vu que des mandians à votre porte : le frère Minime, le frère Hypolite, le frère Albert, le frère Fifre qui fait tant son paon, aujourd'hui qu'il est commis de son frère ; et la pauvre sœur Cline, à qui je portais la caristate pendant votre emprisonnement. Vous avez là une belle récompense. Mais je connais la fermeté de votre caractère, démasquez cet intrigant, vous paraîtrez dans tout votre jour et vous mériterez bien de la société.

« Embrassez ma sœur et mes bons neveux et nièces. Je ne crains rien pour vous et suis à votre commandement. » *Leroux.*

Monsieur et Madame *Masclet*, après leur arrestation du 18 fructidor, s'étaient retirés à Champ-Rosai, où ils attendaient en silence la suite des évènemens qui devaient fixer le sort de l'Empire Français. Le grand Napoléon l'ayant décidé, ils revinrent à Paris, et obtinrent un logement chez M. Lecoulteux, rue du faubourg St.-Honoré, où ils enseignaient les principes de la langue Anglaise à ses deux fils. Je peux dire avec vérité que les moyens qu'ils employaient étaient charmans, car toutes les fois que j'ai vu les enfans prendre leçon, ils étaient encore plus contens en s'en allant qu'à leur arrivée. C'est de ce dernier domicile que je fis mes adieux à M. et Dame *Masclet*, lorsqu'ils partirent pour l'administration de la Sous-Préfecture de Boulogne, et par suite à Lille et à Douai où ils sont encore. C'est là que dans les loisirs que leur laissent les travaux de l'administration, ils se plaisent à continuer gratuitement leurs leçons Anglaises aux enfans de M. Gautier-d'Agoty, seul entrepreneur à présent de la manufacture de coton, aux grands Anglais, lequel établissement doit un jour faire chérir la mémoire de M. *Masclet*, suivant son espèce de justification envers M. Focard-Chateau.

Depuis quelques jours d'absence de Douai, je sais les efforts que fait M. *Masclet* pour assurer son despotisme éphémère contre ma réputation parmi ses gobes-mouches : ceux-ci ont beaucoup de confiance en lui, parce qu'il leur dit qu'il est un homme d'esprit et d'une profonde érudition. Quant à celui-là, il aura bien de la peine à le prouver surtout d'après ses sottises; quant à l'autre, puisqu'il est si érudit, je le prie de nous montrer ses œuvres, car, à quarante-sept ans un homme de lettres doit avoir montré au public son savoir faire ; mais c'est son secret, et l'univers entier ne sera pas bien étonné quand il réalisera la fable de la montagne.

Je certifie toutes les pièces ci-dessus imprimées, conformes à celles que j'ai entre les mains et que je promets représenter au besoin.

Douai, ce 30 *avril* 1807.

Lebrun.

Nota. Dans ma lettre à madame *Masclet*, p. 2 et suiv., il est fait mention de M. *Drapier*, Ingénieur en chef des Ponts et chaussées à Lille, dont je paraissais redouter la vengeance ; mais, depuis j'ai eu l'honneur d'entrer en explication avec M. *Drapier* : non-seulement il m'a désabusé de l'idée qu'on m'avait fait concevoir de lui, mais même, dans toutes les occasions il m'a donné des preuves de sa justice et de sa complaisance, et je me plais à rendre hommage à son cœur comme à ses talens.

www.ingramcontent.com/pod-product-compliance
Ingram Content Group UK Ltd.
Pitfield, Milton Keynes, MK11 3LW, UK
UKHW021530260726
13993UKWH00004B/1898

9 782019 995386